Gus se enoja

Frank Remkiewicz

SCHOLASTIC INC.

A Jack

This book was originally published in English as *Gus Gets Mad* ·

Translated by Eida de la Vega

Copyright © 2011 by Frank Remkiewicz

Translation copyright © 2013 by Scholastic Inc.

All rights reserved. Published by Scholastic Inc.
SCHOLASTIC, SCHOLASTIC EN ESPAÑOL, and associated logos are trademarks and/or registered trademarks of Scholastic Inc.

ISBN 978-0-545-56778-7

12 11 10 9 8 7 6 5 4 3 2 1   13 14 15 16 17 18/0

Printed in the U.S.A.   40
First Spanish printing, September 2013

Gus va al parque.

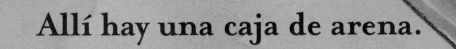

Allí hay una caja de arena.

Lo va a pasar bien.

Gus cava un hoyo.

Apreciados amigos y familiares de los nuevos lectores:

Bienvenidos a la serie Lector de Scholastic. Nos hemos basado en los más de noventa años de experiencia que tenemos trabajando con maestros, padres de familia y niños para crear este programa, que está diseñado para que se corresponda con los intereses y las destrezas de su hijo o hija. Cada libro de la serie Lector de Scholastic está diseñado para apoyar el esfuerzo que su hijo o hija hace para aprender a leer.

- Lector Primerizo
- Preescolar a Kindergarten
- El alfabeto
- Primeras palabras

- Lector Principiante
- Preescolar a 1
- Palabras conocidas
- Palabras para pronunciar
- Oraciones sencillas

- Lector en Desarrollo
- Grados 1 a 2
- Vocabulario nuevo
- Oraciones más largas

- Lector Adelantado
- Grados 1 a 3
- Lectura de entretención y aprendizaje

Si visita www.scholastic.com, encontrará ideas sobre cómo compartir libros con su pequeño. ¡Espero que disfrute ayudando a su hijo o hija a aprender a leer y a amar la lectura!

¡Feliz lectura!

—**Francie Alexander**
Directora Académica
Scholastic Inc.

Un hoyo grande.

Gus busca agua.

Hace un lago.

Un lago grande.

El lago está bajito.

Necesita más agua.

¡NO HAY AGUA!

Gus se enoja.

Se enoja mucho.

No lo está pasando bien.

Es hora de irse.

Gus recoge sus juguetes.

¡Caramba!

—¡Mi lago! —dice Gus.

Gus lo ha pasado bien.

Muy bien.